¿Dónde está Eduardo?

Lisa Ray Turner y Blaine Ray

Nivel 2 - Libro B
la segunda de cuatro novelitas
de segundo año

Editado por Verónica Moscoso y Contee Seely

Blaine Ray Workshops
8411 Nairn Road
Eagle Mountain, UT 84005
Local phone: (801) 789-7743
Tollfree phone: (888) 373-1920
Tollfree fax: (888) RAY-TPRS (729-8777)
E-mail: BlaineRay@aol.com
www.BlainerayTPRS.com

y

Command Performance Language Institute
28 Hopkins Court
Berkeley, CA 94706-2512
U.S.A.
Tel: 510-524-1191
Fax: 510-527-9880
E-mail: info@cpli.net
www.cpli.net

¿Dónde está Eduardo?

is published by:

Blaine Ray Workshops,   &   *Command Performance Language Institute,*

Blaine Ray Workshops, which features TPR Storytelling products and related materials.

Command Performance Language Institute, which features Total Physical Response products and other fine products related to language acquisition and teaching.

To obtain copies of *¿Dónde está Eduardo?*, contact one of the distributors listed on the final page or Blaine Ray Workshops, whose contact information is on the title page.

Cover art by Pol (www.polanimation.com)
Vocabulary by Blaine Ray and Contee Seely

Primera edición: octubre de 2002
Undécima impresión: julio de 2010

First edition published October, 2002
Eleventh printing July, 2010

ISBN-10: 0-929724-69-0
ISBN-13: 978-0-929724-69-0

Mixed Sources
Product group from well-managed forests and other controlled sources
www.fsc.org Cert no. SW-COC-002283
© 1996 Forest Stewardship Council
FSC

Capítulo uno

La vida de Carmen Rodríguez era perfecta. Absolutamente perfecta. ¿Por qué era tan perfecta su vida? La escuela había terminado el día anterior. Carmen estaba contenta porque no tenía que leer más libros y no había más exámenes. No tenía que estudiar más. No tenía que escribir nada para sus clases. No tenía que comer en la cafetería de la escuela. Sólo tenía que pensar en el verano. Quería pasar el tiempo en la playa y relajarse. Quería tomar sol. Quería pasar tiempo con sus amigas. Quería dormir hasta muy tarde.

La única cosa que le preocupaba a ella era su trabajo en McDonald's. Pero su trabajo no era malo. Era bueno. Carmen sólo tenía que trabajar dos días a la semana en McDonald's y el trabajo era fácil. Vendía hamburguesas, refrescos, papas fritas y helados. La única cosa que no le gustaba de su trabajo eran los clientes groseros. Había personas que se quejaban de todo. Se quejaban de las papas fritas o de las hamburguesas. Porque no había suficiente mostaza en la hamburguesa o suficiente sal en las papas fritas. Pero era mucho más fácil trabajar en McDonald's que hacer la tarea de la escuela y asistir a la escuela cada día. Ella realmente estaba contenta porque era tiempo de verano y sol. A ella siempre le encantó el verano.

Carmen vivía en Denver, Colorado, con su madre. Ella no tenía ni hermanos ni hermanas. Su padre nunca vivió con ella. Ella era feliz. A ella siempre le encantó vivir cerca de las Montañas Rocosas de Colorado. A ella le encantaba ir al cine con sus amigas. Ella quería divertirse muchísimo los próximos tres meses. Sabía que los veranos siempre pasan rápidamente. Quería divertirse mucho con sus amigas.

Hoy era el primer día de las vacaciones y su amiga Stacy la llamó y le saludó:

—Hola, Carmen.

—Hola, Stacy. ¿Cómo estás?

—Estoy bien —respondió Stacy—. ¿Quieres venir a mi casa? Podemos escuchar música. Tengo un CD nuevo.

—Está bien —dijo Carmen—. Voy a llegar

allá en media hora. Las dos chicas se despidieron.

Carmen se puso ropa de verano. Se puso una blusa azul y pantalones cortos. Se peinó. Ella tenía el pelo muy largo. Tenía el pelo castaño. Se miró en el espejo que estaba en el baño de su casa. Tenía ropa bonita y estaba muy contenta. Su vida realmente era buena ese día. Carmen salía de su casa cuando su mamá llegó. Su mamá llegó a la casa con un niño de seis o siete años. Carmen no sabía quién era el chico. El chico llevaba pantalones cortos y una camisa blanca. Los pantalones tenían huecos en las rodillas. El chico tenía pelo rubio y ojos azules. El chico era muy guapo pero tenía la boca roja. Parece que el chico había estado tomando una bebida de fresa antes de llegar.

La madre de la joven la miró y le gritó:

—¿Adónde vas tú, jovencita?

—Voy a la casa de Stacy. Voy a pasar un rato con ella. Vamos a escuchar música porque tiene un disco compacto que es nuevo.

—Carmen, no vas a ir a ninguna parte —dijo su mamá.

Eso no estaba bien. Era el primer día del

verano. Probablemente tenía que trabajar en casa. Seguramente tenía que limpiar la cocina o el cuarto de baño.

—¿Por qué no puedo ir a la casa de mi amiga? —le preguntó la chica.

La madre de Carmen sonrió. Sonrió de una manera diferente. Sonrió con la misma sonrisa que tuvo tres días antes de su cumpleaños y dos días antes de Navidad. Era la misma sonrisa que tenía cuando Carmen llegaba a su casa con buenas notas de la escuela. Ella conocía bien esa sonrisa.

La mamá estaba contenta. No era Navidad. No era el cumpleaños de Carmen. Y este año ella no sacó notas muy buenas. Sacó una C en historia y una C en inglés. Eran clases muy exigentes.

—Tengo noticias buenísimas para ti, Carmen —dijo la madre—. Pero primero, éste es mi amigo, Eduardo Zapata.

La mamá miró al niño y le dijo:

—Eduardo, ella es Carmen, mi hija.

El chico pequeño le dio una gran sonrisa. Él tenía chocolate en los dientes. El chico no le dio la mano a ella porque tenía chocolate en las manos también.

—Mucho gusto Eduardo —respondió la chica—. Es un placer conocerte.

Para Carmen realmente no era un placer. El chico tenía chocolate en las manos y en los dientes. Por lo menos ella esperaba que fuera chocolate, y no otra cosa.

Eduardo estaba sucio y olía a animal muerto. Carmen no tenía ningún hermano ni ninguna hermana. Ella no sabía como eran los niños pequeños. Carmen nunca cuidaba niños porque tenía 17 años. Las chicas de 17 años no cuidaban niñitos. No tenía tiempo de cuidar niños. Ella no estaba acostumbrada a estar con niños. No sabía mucho de niños pequeños. Para ella los niñitos eran extraños. Y además, siempre estaban sucios. A los niñitos les gustaban los monstruos feos, los superhéroes y otras cosas extrañas. Los niñitos no sabían apreciar las cosas importantes de la vida como la ropa de Europa y los nuevos estilos de pelo.

—Está bien, mamá —contestó la joven—. Voy a la casa de Stacy.

—Espera, Carmen. Tengo noticias importantes. Tengo noticias importantes para ti. La voz de la madre no parecía tan feliz como antes.

—Oh sí, mamá. Se me olvidó que tienes noticias importantes para mí. ¿Qué pasa?

—Carmen, debes hacer tu maleta. Vas a hacer un viaje.

—¿Un viaje? —preguntó la joven.

Carmen no se habría imaginado nunca un viaje. Ella se imaginaba una visita de su tía de 90 años. Pero nunca un viaje. Estaba realmente sorprendida. Un viaje era mucho mejor que una visita de la tía Perla de Texas.

—¿Un viaje adónde? —preguntó.

—Tú vas a Costa Rica —respondió su madre.

—Costa Rica —exclamó—. ¿Yo? ¿Yo voy a Costa Rica?

Carmen pensó un momento. No sabía mucho sobre Costa Rica. Pero estaba muy emocionada por viajar. Era interesante viajar y conocer otras partes. Ella se acordó de su viaje a México dos años antes y también de su viaje a Canadá siete años antes. También fue a otras partes dentro de los Estados Unidos como Nueva York, California y Michigan. A ella le encantaba ir en avión a otras partes. Le encantaba ver otras partes y conocer otra gente. ¡Pero Costa Rica! Carmen pensaba que Costa

Rica era bastante lejos y diferente.

—No lo puedo creer —dijo la joven—. No lo puedo creer. Realmente voy a Costa Rica. ¿Por qué? ¿Cómo? ¿Cuándo? ¿Cómo es Costa Rica?

—Costa Rica es un país hermoso —respondió la mamá—. Estoy muy emocionada porque vas allá.

—Costa Rica es un país muy hermoso. Te va a gustar —le dijo Eduardo a Carmen.

¿Qué sabía el niño de Costa Rica? Eduardo era un niñito sucio. Ella estaba un poco molesta con Eduardo. El tenía los labios rojos de Kool-Aid. Llevaba ropa sucia.

—Bueno, mamá. ¿Cómo es que voy a Costa Rica? No conozco a nadie allá. No tengo ninguna amiga que me acompañe a Costa Rica. Nuestra familia no va a Costa Rica —dijo Carmen.

La madre sonrió. Era una sorpresa muy grande.

—Tú conoces a alguien de Costa Rica —contestó la mamá. Tomó la mano del niño y él sonrió—. Eduardo es de Costa Rica. Mejor dicho, su mamá es de Costa Rica.

—¡Ah! —replicó Carmen. Su voz era como

la voz de una persona mirando una película de horror.

—Voy a explicarte —le dijo la madre.

—La mamá de Eduardo es de Costa Rica pero ahora ella vive en Denver. Ella es enfermera en un hospital. Eduardo va a Costa Rica para visitar a sus abuelos.

La chica todavía no entendía nada de esto. ¿Qué tenía esto que ver con ella? ¿Por qué la mamá de Eduardo no le acompaña a Costa Rica?

—¿Y qué? —preguntó Carmen.

—Bueno. Esta es la parte importante para ti —contestó la madre.

—La mamá de Eduardo es soltera. Tiene que trabajar en el hospital. No puede ausentarse de su trabajo para viajar a Costa Rica y el niño no puede viajar solo. Yo hablé con la mamá de Eduardo y le dije que tú estás libre este verano. Le dije que tienes 17 años y que eres muy responsable. Le dije que te encantan los niñitos.

—¿Me encantan los niños? —preguntó la joven, sorprendida.

Se acercó a su madre y le habló en la oreja. Le dijo:

—Mamá, no aguanto a los niños pequeños. Son muy sucios y huelen feo. Los niños me molestan. No son divertidos. ¿Por qué le dijiste a la mamá de él que me gusta estar con niños?

La madre le tocó la mejilla a su hija y le dijo:

—Ay, Carmen. No digas eso. Sé que te llevas muy bien con los niños chicos. Por esa razón tú vas a llevar a Eduardo a Costa Rica.

—¿Estás diciendo eso en serio? ¿Realmente crees que voy a Costa Rica con un niño pequeño? —preguntó ella.

Miró al niño con su camisa sucia y le preguntó a su mamá:

—¿Voy a Costa Rica con él?

—Sí —replicó la madre—. ¿Estás muy emocionada, no?

—Estoy muy emocionado —gritó el niño—. Quiero ver a mi abuelita y a mi abuelito.

Eduardo tenía chicle en la boca. Hizo un globo bien grande con el chicle. Carmen no sabía como podía hacer un globo con el chicle y hablar a la vez.

—Eduardo, parece que estás con hambre. ¿Tienes hambre? —le preguntó la mamá—. Ve a la cocina y busca galletas o pan. Creo que hay galletas Oreo en la mesa. Puedes comer lo que hay.

—Me gustan las galletas —gritó Eduardo mientras corría hacia la cocina.

Carmen no estaba contenta para nada. Y ahora Eduardo estaba comiendo todas sus galletas.

—Carmen, por favor. No digas eso. Ya hablé con la mamá de Eduardo. Le dije que no hay problema. Le dije que tú quieres ir a Costa Rica y que no hay ningún problema con llevar al niño con sus abuelos —dijo la madre—. Además, la mamá de Eduardo va a pagarlo todo. Puedes vivir en la casa de sus padres en Costa Rica. Es una oportunidad maravillosa. Vas a ver otro país. Costa Rica es hermoso. Costa Rica es increíble. Hay montañas altas, playas hermosas y selvas tropicales. Yo creí que estarías muy emocionada.

—Mamá, no estoy emocionada para nada. No lo quiero hacer. No quiero pasar tiempo con ningún niño chico. Tengo mis planes para el verano. Esos planes no incluyen ningún niño chico —gritó ella.

—Por favor. Ya le dije a la Sra. Zapata que

acompañarías a Eduardo a Costa Rica. Se lo prometí. Cuando le dije eso a la Sra. Zapata ella se puso supercontenta. Estaba tan feliz. No puedo decirle ahora que no lo vas a hacer. Carmen, tienes que hacerlo. Por favor —le pidió la madre—. No puedes imaginar lo que significa esto para ella.

¿Qué puede hacer Carmen? Es muy difícil. Si no lleva a Eduardo a Costa Rica, todos van a pensar mal de ella. Van a pensar que ella es una chica que sólo piensa en sí misma. Todos van a pensar que ella es una chica muy mala. Pero si ella va a Costa Rica con el niño, seguramente no se va a divertir. Ella va sola con un chico y sin ninguna amiga. No es una niñera. Ella no cuida niños en los Estados Unidos. Su última experiencia de niñera fue cuando tenía doce años. No quería ser niñera a los 17 años. Ella era demasiado vieja para ser niñera. Si va, puede ver un país nuevo. No sería tan malo ver un país diferente. Ella pensó y luego contestó:

—Okey, mamá. No tengo ganas de hacerlo pero lo voy a hacer. Voy a acompañar a Eduardo a Costa Rica.

El niño volvió de la cocina. La cara estaba

cubierta de galletas Oreo. Los dientes estaban negros también después de comer las galletas Oreo. Corrió hacia la chica y la abrazó.

—¡Gracias, Carmen! —gritó Eduardo. El gritó fuerte. A ella no le gustó el grito de Eduardo. Carmen no estaba contenta para nada. Trató de sonreír pero no pudo. ¿Por qué dijo que llevaría al niño a Costa Rica? Era un gran error, pero ya era demasiado tarde. Un país lejano. ¿Estaba loca? ¿Qué estaba haciendo?

—Ah, Carmen, ¡me haces tan feliz! —gritó Eduardo—. Me vas a llevar a Costa Rica para ver a mi abuelita y a mi abuelito.

—Sí, Eduardo —replicó ella.

El niño comenzó a saltar. Siguió saltando varios minutos porque estaba muy contento.

La madre de Carmen estaba muy contenta con todo. Pero la joven se sentó en el sofá con ganas de llorar. Antes tenía todos sus planes para el verano pero ahora estaban arruinados.

Carmen se levantó, miró a su mamá y le contestó:

—Mamá, voy a la casa de mi amiga Stacy. Vamos a escuchar música. ¿Está bien, mamá?

—Está bien, hijita —le respondió su madre.

Carmen tenía que salir de su casa para no llorar. Tenía que escapar de Eduardo. No quería pensar más en el verano. Realmente no quería pensar en nada. Mientras salía de la casa, el niño le gritó:

—Carmen, ¡qué bueno! Vamos a Costa Rica. Vamos a pasarlo muy bien. Vamos a pasar un verano fenomenal.

Ella no quería oír eso. No quería oír nada. Sólo quería salir. No quería hablar con Stacy. No quería pensar en el verano. Este verano iba a ser el verano más difícil de su vida.

Capítulo dos

"Pasajeros con niños, por favor aborden el avión." Carmen escuchó la voz en el aeropuerto mientras esperaba el avión a San José, la ciudad principal de Costa Rica. Ella estaba sorprendida de pensar que era una pasajera con un niño. Pero, era verdad, ella estaba viajando con un niño, Eduardo Zapata, un niñito de siete años. Ella casi se había olvidado que viajaba con Eduardo.

Hasta ahora, ella no tenía que hacer nada con él porque la mamá estaba con el niño. La mamá de Eduardo estaba con él mientras esperaban el avión. Su madre quería despedirse de él en el aeropuerto. La chica estaba contenta de tener a la mamá de Eduardo con ella en el aeropuerto. Pero el tiempo de abordar el avión llegó. Y el tiempo de despedirse de la madre del niño llegó también. La mamá de Eduardo le dio un gran abrazo y un beso y se despidió diciéndole:

—Adiós, mi amor. Te voy a extrañar muchísimo. Pórtate muy bien con Carmen y no le causes problemas. Tus abuelos los van a buscar al aeropuerto de San José. Les mando muchos saludos. Diles que los extraño mucho.

—Está bien, mamá. Adiós —le dijo él.

—Carmen, mi mamá va a llevar un vestido rojo. Mi padre es alto y delgado. No tiene pelo. Van a esperarlos con un letrero que dice "Eduardo".

—Está bien. No hay problema —le dijo ella—. No se preocupe.

Con una voz preocupada la madre de Eduardo le dijo:

—Voy a tratar de no preocuparme pero soy una mamá y por supuesto que me voy a preocupar.

—No tendremos problemas —contestó Carmen—. Voy a cuidar bien a Eduardo. No se preocupe.

Con un adiós final abordaron el avión.

Carmen tenía sus planes. Quería dejar al niño con sus abuelos y conocer el país sola: ir a las playas; ver los volcanes de Costa Rica; conocer el parque nacional de Monte Verde; visitar las selvas tropicales para ver a los animales exóticos de Costa Rica y tomar sol en las playas hermosas del país. Lo único que tenía que hacer era dejar a este niñito con sus abuelos y luego podría divertirse.

Carmen tenía el dinero de su trabajo de McDonald's. Con ese dinero podía viajar. Sólo quería llegar al aeropuerto y dejar a Eduardo con sus abuelos. Después tendría tiempo libre para hacer lo que quisiera. Sólo unas horas en el avión con el niño y todo iba a estar bien.

Los dos buscaron sus asientos en el avión. Para ser un niño tan joven, Eduardo tenía mucho coraje. Sólo tenía siete años. El chico no lloraba. No estaba triste. Estaba muy emocionado por ver a sus abuelos en Costa Rica. La joven se sintió muy agradecida porque él era un niño bueno. El viaje no era muy largo, sólo unas cuatro horas en el avión para llegar a Costa Rica.

Encontraron sus asientos. Estaban en la fila 38. Se sentaron al lado de un hombre gordo y grande. Carmen le sonrió pero el hombre no le sonrió a ella. Eduardo también le sonrió.

Carmen buscó una almohada porque quería dormir. Encontró una fácilmente, se sentó y puso la cabeza en la almohada. Se sentía muy cómoda.

El avión despegó. Todo iba bien. Carmen estaba casi dormida cuando oyó un grito tremendo. El grito era tan fuerte que todos en el avión lo oyeron. Era un grito más fuerte que un animal en la selva. Era el grito de Eduardo. El estaba gritando más fuerte que un león grande. La chica miró a Eduardo y le preguntó:

—¿Qué pasa? ¿Por qué estás gritando?

El niño gritó:

—¡Extraño a mi mamá! ¡No quiero ir a Costa Rica! ¡Quiero ver a mi mamá!

Carmen pensó: "Oh no. ¿Qué voy a hacer? ¿Qué puedo hacer con un niñito que está llorando? ¡Qué problema!"

Ella miró al chico y, tratando de calmarlo, le dijo:

—Eduardo, todo está bien. No pasa nada. Vas a Costa Rica. Vas a divertirte. Vas a pasar tiempo con tus abuelos. Lo vas a pasar muy bien.

—No lo voy a pasar bien. No me gusta Costa Rica. No quiero viajar a Costa Rica. Quiero ver a mi mamá. Extraño a mi mamá. No quiero pasar tiempo con mis abuelos. Quiero estar con mi mamá. No me gustan los abuelos.

∞ ∞ ∞ ∞

Eduardo estaba al lado del hombre gordo. El hombre no quería estar al lado de un niño que lloraba y gritaba. El hombre le preguntó a la azafata si era posible cambiarse de asiento. Ella le respondió que era imposible, no había asiento vacío en todo el avión. El avión estaba completamente repleto. El hombre estaba muy enojado. Él miró a Carmen y le gritó:

—Señorita, ¿no puede hacer nada con ese niñito? El viaje a Costa Rica es largo. Por favor, el niño está molestando a todos. Tiene que callarse.

La chica tenía mucha vergüenza. No sabía qué hacer. Eduardo lloró más fuerte todavía. Carmen sólo quería salir del avión y volver a casa. Quería pasar un verano normal en casa con sus amigas sin un chico pequeño. El podía ir a su casa y estar con su madre. Ella trataba de imaginar que era una profesora de primer año. Los maestros de primer año siempre tienen voces suaves. Carmen se sentía como una profesora de la escuela secundaria donde los maestros tienen voces muy fuertes. Ella le habló a Eduardo:

—Cariño, no llores.

Carmen le dijo "cariño" para aparecer cariñosa con el niño, pero él le gritó:

—No soy "cariño". Quiero ver a mi mamá.

Una azafata oyó los gritos del niño. Ella apareció en un momento. Ella era muy alta, delgada y bonita con el pelo rubio. Carmen vio que su nombre era Tami. Tami llevaba pantalones azules con una blusa blanca. Ella tocó el brazo de Eduardo. Le preguntó:

—¿Qué pasa?, chico. ¿Dónde está tu mamá?

Eduardo lloraba tanto que no podía contestarle a Tami. La cara de Carmen ya estaba muy roja. Se sentía terrible. No sabía cómo ayudar a Eduardo. Tami puso el brazo en el hombro del niño y le habló:

—Chico, sé que estás muy triste ahora. Te vas a divertir mucho en Costa Rica. Y seguramente tu mamá va a estar en Costa Rica esperándote.

Eduardo comenzó a llorar un poquito más suave.

—Cariño, ¿quieres galletas de chocolate? Tengo muchas galletas Oreo.

Eduardo dejó de llorar. Le encantan las galletas Oreo. Eduardo le contestó:

—Las galletas Oreo son mis galletas favoritas.

—Son mis galletas favoritas también. Voy a volver después de un rato con muchas galletas Oreo —dijo Tami—. También te voy a traer una gaseosa. Tengo una de limón. ¿Te gusta?

—Me encanta —contestó el niño—. Es mi gaseosa favorita.

Eduardo cambió totalmente en un instante. Ya no lloraba ni gritaba. Era un chico diferente ahora.

Tami sonrió y le dijo:

—A mí me encantan las gaseosas y las galletas Oreo.

Tami volvió pronto con la soda y las galletas. Eduardo ya estaba bien contento.

Carmen se puso a pensar: "Esto no es una fiesta. No sé lo que estoy haciendo aquí. ¿Qué estoy haciendo en un avión con un niño de siete años? ¿Estoy loca? Debo salir ahora. Debo decirle a la mamá de Eduardo que no soy capaz de hacer este viaje como niñera. Puedo ser niñera dos horas, pero no puedo ser niñera en un viaje largo a Costa Rica."

Carmen estaba pensando todas estas cosas. Quería preguntarle a Tami si ella podía llevar al niño a Costa Rica. Quizás Tami era una maestra de primer año.

Tami le sonrió otra vez a Eduardo y le dijo:

—Recuerda que siempre estoy aquí. No vas a tener problemas en el viaje porque estoy aquí.

Eduardo le sonrió y le dijo:

—Gracias.

Otro pasajero quería una almohada, así que Tami tuvo que irse.

Eduardo miró a Carmen y le dijo:

—Tami es muy bonita y simpática. Realmente ella es más simpática que tú.

La joven no contestó nada. Era verdad que Tami era más bonita y más simpática. Carmen pensó que Tami probablemente era una chica que nunca tenía problemas. Ella tenía ganas de gritarle al niño y decirle que era muy malo. Pero sólo le respondió:

—<u>Eduardo, come tus galletas.</u>

Capítulo tres

A Carmen le encantaba volar entre las nubes. Le gustaba mirar por la ventanilla del avión y ver autos pequeños en la distancia. Le gustaba la idea de sentarse en el avión y leer un buen libro. Le gustaba la idea de comer y beber una Coca-Cola. Le encantaba todo lo de viajar en avión. Pero hoy no. Hoy ella estaba de muy mal humor y no quería volar.

Eduardo siempre quería algo. Quería galletas. Quería refrescos. Quería una almohada. Tenía que ir al baño cinco veces. Eduardo no podía ir al baño solo y Carmen tenía que acompañarle cada vez. Pensó que cinco viajes al baño eran mucho. Eduardo le pidió:

—Carmen, por favor, léeme este libro. Léeme esta revista. Por favor, Carmen, léeme.

Ella no quería leer pero leyó porque quería ser amable.

Eduardo no quería comer y gritó:

—¡Esta comida es horrible! No me gusta. No me gustan las verduras. No me gusta nada esta comida. No quiero comer.

Carmen le dijo:

—Está bien, no comas las verduras.

—Pero mi mamá me dice que tengo que comer verduras —le gritó Eduardo.

—Está bien. Cómelas —le replicó ella.

—No me gustan —insistió el niño—. Esta comida es terrible. No quiero comer.

—Eduardo, todos te miran. ¿No tienes vergüenza? —le preguntó Carmen—. No comas las verduras y no le diré nada a tu mamá. No tienes que comer.

—Pero tengo hambre —contestó Eduardo.

Carmen estaba desesperada. No sabía qué hacer. Quería ir a su casa. No quería ser niñera más. No quería ver a Eduardo más. Sólo quería ir a la casa de su amiga y escuchar música. Trató de llamar a Tami otra vez.

Tami apareció. Tami le pareció un ángel a Carmen. Mejor que un ángel. Tami tenía una voz suave y una sonrisa bonita. Era un ángel que tenía que levantar maletas grandes y tenía que tratar de calmar a niños enojados. El trabajo de Tami no era un trabajo fácil.

—Eduardo, creo que tengo una cajita feliz

de McDonald's. ¿Quieres una cajita feliz? —le preguntó Tami.

¿Es posible? ¿Un ángel con comida de McDonald's en un avión? En un instante ella se puso contenta.

—Me encanta la comida de McDonald's. Me encantan las cajitas felices —le contestó el niño.

Tami le trajo la comida a Eduardo y él comenzó a comer. Comió sin quejarse y sin llorar. Comió sin gritar y sin molestar a Carmen. Ella estaba tan contenta de que Eduardo ya no lloraba. Nunca imaginó que un niño podía ser tan difícil. No sabía que los niños querían tantas cosas y cuando querían las cosas, las querían inmediatamente. No sabía que los niños eran tan insistentes. Pero ahora sí sabía. Durante todas las visitas al baño y los muchos gritos, ella aprendió como eran los niños realmente.

Después de sufrir tanto, Carmen sólo quería llegar a Costa Rica. Pronto el avión aterrizó en San José. Se sintió muy aliviada. Tenía ganas de gritar de felicidad. Ella sobrevivió al viaje. Carmen estaba muy contenta porque en unos momentos les iba a entregar a

Eduardo a sus abuelos. Entonces, el niño ya no iba a ser su problema porque los abuelos iban a cuidarlo.

Carmen y Eduardo se levantaron para bajarse del avión. Mientras salían, vieron a Tami. Tami le dio un abrazo a Eduardo. También le dio un juguete. Era un osito de plástico. El se puso muy contento al ver el regalo.

—Adiós, Eduardo —dijo Tami—. Pásalo muy bien aquí en Costa Rica. Es posible que nos veamos cuando regreses a los Estados Unidos.

—Espero que sí —le dijo el niño.

Todos se despidieron de Tami al salir del avión. Salieron rápidamente y pasaron por la aduana. En la aduana miraron los pasaportes. Todo estaba bien. No había ningún problema con los pasaportes. La chica estaba contenta porque por fin todo estuvo bien en el viaje. Por primera vez las cosas iban bien.

Salieron del aeropuerto. El plan era juntarse con los abuelos enfrente del aeropuerto. Vieron taxis y autos. Mucha gente andaba allí. Había varias personas vendiendo chicles, dulces y periódicos. Carmen estaba fascinada de ver todo. El país era muy diferente a los Estados Unidos. Era interesante estar en un país donde todo era diferente.

Carmen empezó a buscar a los abuelos. No vio a ninguna pareja vieja. No vio a nadie que se pareciera a los abuelos de Eduardo. No había una mujer con un vestido rojo. No había ningún hombre delgado sin pelo. No había nadie con un letrero que decía "Eduardo".

—¿Dónde están mis abuelos? —preguntó el niño.

—Probablemente lleguen tarde —le contestó ella—. Van a llegar pronto. Vamos a sentarnos aquí y esperar.

—Está bien —contestó el niño— pero tengo que ir al baño.

La joven no lo podía creer. Sólo diez minutos en el país nuevo y tenía que ir al baño. Carmen y Eduardo buscaron un baño.

Luego volvieron a la parte del aeropuerto donde tenían que juntarse con los abuelos de Eduardo. Había un chico joven con una mochila grande. Había un hombre y una mujer con una chica pelirroja. Había un hombre joven y una mujer joven con un bebé pequeño. Entonces ella vio a un hombre y a una mujer que parecían los abuelos de Eduardo. Eran viejos, suficientemente viejos para ser abuelos. No tenían el letrero. La mujer no llevaba un vestido rojo. Pero eran de la edad correcta. Tenían que ser los abuelos. Carmen se acercó a la mujer y al hombre.

—Disculpen —dijo ella. Entonces dos chicos pequeños corrieron hacia la pareja.

—¡Abuelita! ¡Abuelito! —ellos gritaron.

Un chico saltó a los brazos del hombre. El otro saltó a los brazos de la mujer. Ellos eran abuelos, pero no eran los abuelos de Eduardo.

—¿Dónde están mi abuelita y mi abuelito? —Eduardo preguntó.

Él comenzó a llorar otra vez.

—Ellos probablemente lleguen tarde — ella respondió—. Vamos a sentarnos y esperar.

Se sentaron y esperaron. Esperaron y esperaron. Eduardo jugaba con un carrito rojo. Mientras jugaba, imitaba el sonido de un carro. Gritaba: ¡Brrrrummm!

A Carmen no le importaba. El niño estaba contento y no tenía que ir al baño. Se puso a leer un libro sobre Costa Rica. Vio fotos de las playas de Costa Rica; de los ríos azules y las montañas verdes; de montañas llenas de café y de monos y pájaros tropicales. Carmen se emocionó al mirar estas fotos. Y tenía ganas de ver el país. Estaba contenta porque Eduardo jugaba en vez de molestar. De repente, le pidió:

—Carmen, por favor, llévame al baño.

Después de volver, Eduardo quería oír un cuento. Ella empezó a leerle a Eduardo. Pensaba que era una manera buena de pasar el tiempo.

Mientras leía, empezó a preocuparse. Estaba segura de que ellos llegarían tarde. Sólo tenían que esperar un poco más. Tenían que llegar pronto.

Carmen leyó los diez libros que Eduardo tenía. Leyó los cuentos de monos tontos y de monstruos que se escondían debajo de las camas de niños. Leyó libros de robots, helicópteros y aviones. Leyó un cuento acerca de un niño que nunca limpiaba su dormitorio así que una persona desconocida tomó todos los juguetes del niño. Después ella volvió a leer todos los libros. Siguió leyendo porque sabía que mientras leía, los abuelos iban a llegar. Por lo menos si leía, no tenía que pensar si los abuelos realmente iban a llegar o no. Finalmente, después de muchos libros el niño se durmió. Carmen se durmió también.

Unas horas más tarde ella se despertó. Se despertó, miró a su lado y gritó:

—¿Dónde está Eduardo?

Eduardo ya no estaba.

Capítulo cuatro

Carmen se despertó. Miró alrededor y recordó que estaba en el aeropuerto en Costa Rica. Miró su reloj. No lo podía creer. Era de día. Ella había pasado toda la noche en el aeropuerto. Pero ¿dónde estaba el niño? ¿Por qué no estaba a su lado?

Pensó que estaba en el baño. Fue al baño y gritó el nombre de Eduardo. Nadie respondió.

—¿Dónde están los abuelitos de Eduardo? ¿Dónde está él?

Carmen empezó a buscar. Fue por todo el aeropuerto. No lo encontró. Si ella tuvo problemas con el niño, eso no era nada comparado con los problemas que tenía ahora sin el niño. Carmen no tenía idea qué hacer.

De repente ella decidió tomar un buen desayuno y buscar más tarde. Carmen encontró un restaurante en el aeropuerto donde podía tomar un buen desayuno. Ella pidió comida costarricense. Era comida típica, gallo pinto. No sabía lo que era. La camarera trajo arroz

y frijoles negros con huevos. Ella le dijo que
los costarricenses comen frijoles negros con
todo. A Carmen le pareció buena la comida
de Costa Rica. Tenía tanta hambre que no le
importaba mucho lo que comía. Ella tenía
otros problemas ahora. Tenía problemas
grandes.

Carmen tenía ganas de llorar. No podía
mirar la cara de Eduardo porque el pobre
niño no estaba. Necesitaba tiempo para pensar.

Carmen estaba preocupada porque los
abuelos del niño no llegaron. Sin Eduardo,
¿cómo van a reconocerle a ella? Aunque lleguen, no le van a reconocer.

Carmen estaba preocupada porque ya era
un día más tarde y los abuelos todavía no habían llegado. Ella no sabía qué iba a hacer si
no venían. Carmen no tenía idea por qué los
abuelos no estaban. Sólo sabía que no estaban. También sabía que un niño de siete
años estaba en Costa Rica y ella no sabía
dónde. Carmen no estaba segura si ella hablaba español muy bien o no. No sabía si podía comunicarse con la gente de Costa Rica.
Seguramente hablaban diferente los ticos

que su profesora de español. No sabía si podía encontrar lo que necesitaba en Costa Rica. Tenía una guía de turista, la cual estaba escrita en inglés. No sabía qué hacer.

Carmen trató de llamar a la madre de Eduardo en Colorado. Ella no estaba en casa o por lo menos no contestó el teléfono. Carmen también tenía un número de teléfono para los abuelos en Costa Rica. Llamó a ese número también pero nadie respondió el teléfono. Después llamó a sus padres en Colorado pero no contestaron. Volvió a llamar al número local que tenía para los abuelos de Eduardo pero todavía no estaban en casa.

Carmen no quería quedarse en el aeropuerto una semana esperando a los abuelos. Sabía que los abuelos vivían en un pueblo que se llamaba Santa Elena. Carmen buscó la ciudad en su guía turística. Santa Elena era un pueblo localizado 90 kilómetros al norte de San José. La guía también decía que Santa Elena tenía unos siete mil habitantes.

La chica volvió al teléfono. Trató de llamar a la madre de Eduardo. Otra vez no estaba. Trató de llamar a su mamá y también a los abuelos. Nadie estaba en casa. Carmen no podía comunicarse con nadie. Nadie estaba en casa. Estaba muy preocupada. Estaba en un país extraño. Estaba en un país totalmente diferente. Carmen estaba desesperada. Carmen quería buscar a Tami. Quería la ayuda de ella pero eso era imposible. Tenía ganas de sentarse y llorar.

De repente un hombre le preguntó:

—¿Le puedo ayudar? Parece preocupada. ¿Qué pasa? ¿En qué puedo servirle?

El hombre se llamaba Pedro y era muy guapo. Pedro hablaba inglés también. No lo hablaba muy bien pero sí hablaba inglés. Pedro se sentó al lado de Carmen. Él le habló:

—Parece que Ud. necesita un amigo.

—Eso sí es cierto. Necesito un amigo. Necesito la ayuda de alguien —dijo ella.

—Estoy aquí en Costa Rica con un niño de siete años. Mejor dicho, estaba con un niño de siete años. Pero ahora el no está. Y además, los abuelos del niño nos iban a buscar aquí en el aeropuerto pero no vinieron.

—Mi nombre es Pedro —el joven le dijo—. Soy chofer de taxi. Vine a buscar a una persona aquí en el aeropuerto pero esa persona no estaba.

Pedro era un muchacho amistoso. Tenía ojos castaños y pelo negro.

Carmen no sabía nada acerca de este tico Pedro. Era joven y guapo pero ella estaba en otro país. Tenía un poco de miedo de estar en Costa Rica. No sabía como era la gente aquí. No sabía si podía confiar en este tico. No sabía si el chico era malo o no.

Pedro miró a la joven y le preguntó:

—¿Puedo hace algo por Ud.?

—Estoy desesperada. No sé qué hacer. Soy la niñera de un niño que desapareció.

Carmen no sabía cuánto debía decirle a Pedro. Su madre le dijo que los ticos son amistosos. Ella todavía no sabía si decir que es una joven sola en un país extranjero. Carmen decidió confiar en Pedro y le explicó todo. Le contó que se durmieron y cuando ella se despertó, el niño ya no estaba a su lado.

—No hay problema —le dijo Pedro—. Yo le voy a ayudar. Si hay una persona aquí en Costa Rica que necesita ayuda, es Ud.

La joven se subió al taxi de Pedro. Salieron del aeropuerto. Todo era nuevo para Carmen. Vio que Pedro iba hacia San José. El viaje duró unos veinte minutos. Pedro fue al centro. En la ciudad de San José había mucho tráfico. Había autos y gente por todas partes. Unos minutos más tarde Carmen estaba en una parte mala de San José. Podía ver por la apariencia de los edificios que no era una parte buena de la ciudad.

—¿Adónde vamos? —preguntó ella.

—Vamos a buscar al niño —le contestó Pedro.

Pero, ¿por qué estamos aquí en esta parte de San José? Es obvio que Eduardo no está aquí —dijo Carmen.

Pedro no respondió. Siguió manejando. Pedro siguió en silencio unos diez minutos. Pobre Carmen, no quería nada con Pedro. Quería bajarse ¿pero cómo? No había manera. Carmen empezó a tener miedo. No quería estar más con Pedro.

—¿Cuánto cuesta todo esto? —le preguntó ella a Pedro.

—Niñita, no te va a costar nada —le contestó Pedro.

—¿Cómo? ¿No me cuesta nada? ¿Por qué? No entiendo. No me gusta esto. No quiero buscar más a Eduardo. Quiero ir a la policía. Vamos a la policía. Vamos ya —dijo Carmen con desesperación.

Pedro no reaccionó a las palabras de la chica. Siguió manejando.

—No tengo mucho dinero. No puedo pagar todo esto. ¡Por favor, quiero bajarme! —gritó ella.

Pedro paró el auto. Agarró la mano de Carmen. Le dijo:

—Sé cómo me puedes pagar.

Pedro empezó a besar la mano de Carmen, entonces ella gritó:

—¡NO! ¡NO!

La chica abrió la puerta y saltó. En un instante estaba libre de Pedro. Corrió gritando:

—¡Taxi! ¡Taxi!

Otro chofer paró.

—Llévame a la policía.

El chofer le llevó a Carmen a la jefatura de policía.

Cuando entró, oyó una voz.

—¡Carmen!

Era la voz de Eduardo. Carmen gritó de felicidad:

—¡Eduardo! ¡Qué bueno! Es un milagro. Estás aquí. ¿Dónde estabas?

—Me dormí. Cuando me desperté, fui al

baño. Me perdí. No sabía dónde estabas. Un hombre me encontró y me ayudó. Llegué aquí hace una hora y luego llegaste tú.

—Me alegro tanto. ¡Qué bueno! ¡Estás vivo!

Los policías les ayudaron a encontrar el autobús para Santa Elena. Carmen se sintió bien y se sintió segura. Sabía ella que iban a encontrar a los abuelos..

Capítulo cinco

Carmen y Eduardo estaban en el autobús viajando hacia Santa Elena. Carmen vio tantas cosas nuevas. La primera cosa que notó era que no había norteamericanos en el autobús. Parecía que no tomaban los autobuses locales mucho. La carretera estaba en muy mal estado. Había hoyos en la carretera cada cinco segundos. No vio ninguna sección de la carretera en buen estado.

San José estaba localizado en el altiplano de Costa Rica. Estaba en las montañas. La mayoría de la gente de Costa Rica vivían allí por su clima muy bueno. Nunca hacía frío y nunca hacía calor. Carmen ya sabía que Costa Rica era el mejor país, económicamente, de todos los países de Centroamérica pero ella no vio evidencia de eso. Si Costa Rica era un país rico, no podía imaginar un país centroamericano pobre.

El viaje a Santa Elena era muy interesante. Carmen podía ver que la carretera estaba entre las montañas. Había curvas en la carretera. No había ninguna parte de la carretera que no tuviera hoyos ni curvas. Vio a unos hombres haciendo reparaciones en la carretera, pero con los pocos hombres que estaban trabajando, podrían trabajar hasta el año 2050 y no terminar con el trabajo.

El autobús seguía avanzando. No iba muy rápido a causa de las curvas pero seguía avanzando. Vio las montañas cubiertas de vegetación. Sabía que cultivaban mucho café en las montañas de Costa Rica. Entonces se imaginó que la vegetación que veía era café.

Con el movimiento del autobús Carmen tenía dolor de cabeza. También le dolía la cabeza por escuchar tanto español sin entender nada. Le dolía la cabeza también porque Eduardo hablaba tanto. El autobús era ruidoso. La gente parecía simpática pero ella estaba molesta con todo. Sólo quería estar en Colorado con sus amigas y ahora estaba en otro país, o mejor dicho, otro mundo.

Carmen trató de entender el español, pero no era igual que estar en la clase. Los ticos usaban expresiones que no sabía. Cada país tiene sus propias expresiones y maneras de hablar. Ella pensaba que era muy raro cuando le decían "gordo" a una persona gorda o "flaco" a una persona flaca. No hacemos esto en los Estados Unidos. Por lo menos en Costa Rica hablaban lentamente y pronunciaban las letras. En muchos países donde hablan español se comen las letras al hablar.

Aunque Santa Elena estaba unas noventa millas de San José, el viaje iba a durar tres horas. Para salir de San José se necesita una hora por el tráfico. Después se necesitan dos horas más para llegar a Santa Elena. Para ser tan pocas millas, es un viaje muy largo.

San José, la ciudad, le parecía muy diferente a las ciudades de los Estados Unidos. Las calles eran muy pequeñas y estrechas. Había muchos tipos de tiendas. Fuera de la ciudad había un parque bonito donde mucha gente corría, jugaba y hacía ejercicios.

Cuando el autobús salió de San José, Carmen se sintió mejor. No había tanto tráfico. Pensó que iban a llegar rápidamente ahora. Pero el camino era peor todavía. Había hoyos en el pavimento. El chofer no iba muy rápido por los hoyos. También había muchas curvas en el camino. El autobús daba muchas vueltas.

—Carmen, no me siento bien —le dijo el niño.

De repente, Eduardo vomitó por todas partes.

"¡Es todo lo que necesito, un niño enfermo!" pensó Carmen. La chica se levantó y se limpió. Para ella todo eso era horrible.

Carmen miró a Eduardo. Pobre chico. Estaba en otro país sin sus padres, sin sus abuelos. Iban a un lugar totalmente desconocido.

La joven puso el brazo en los hombros del niño.

—Está bien, Eddy. Todo va a resultar bien. No va a pasar nada. Pronto vamos a llegar. Vas a estar con tus abuelos muy pronto.

—Me dijiste "Eddy". Mi mamá me dice así —le dijo Eduardo.

El niño puso la cabeza en el brazo de Carmen.

—Pobrecito —le dijo ella.

Por primera vez, Carmen pensó que Eduardo posiblemente estaba muy descontento como ella. Ella estaba sorprendida de tener pensamientos así. Carmen pensaba que el niño no era tan malo. Sólo era un niño, un niño de siete años en un país extraño. Por primera vez, ella tenía un poco de compasión por Eduardo.

Carmen miró hacia fuera. Miró por las ventanas del autobús. Vio las montañas hermosas y toda la vegetación hermosa. Vio vaqueros con botas grandes. Vio muchos perros. Incluso vio una iguana al lado del camino. Pensó que nunca se iba a quejar de los caminos en los Estados Unidos.

—¿Estamos en Santa Elena? ¿Falta mucho? —preguntó Eduardo.

Carmen pensó en las miles de veces que ella hizo las mismas preguntas a su mamá cuando estaban de viaje. Pensó en sus viajes familiares a Aspen y Telluride; viajes a Yellowstone e Idaho; viajes a California para visitar a su papá. Todo esto le hizo pensar en su familia y en su casa. Carmen se sentía como un niño que quería llorar. Ella quería estar con su propia madre.

—No estamos todavía. Vamos a llegar dentro de poco —le respondió Carmen.

—Bueno —contestó el niño—. No quiero vomitar de nuevo.

El viaje era muy largo. Tomó tanto tiempo por las montañas y las curvas en el camino. Y ahora empezó a llover. Carmen pensó que debía llover en Costa Rica ya que era un país tropical.

Finalmente, después de una eternidad, llegaron a Santa Elena. Un camino de Santa Elena fue hacia la Reserva del Bosque de la Nube de Monteverde. Se llamaba así porque había un bosque tropical arriba en las montañas y siempre estaba cubierto de nubes. Ese día estaba cubierto de nubes.

Eduardo estaba tan contento de estar en Santa Elena. Saltaba y daba vueltas. Por fin no estaban en el autobús y podían buscar a los abuelos. Carmen estaba bien contenta también. Tenía ganas de saltar y dar vueltas también, igual que él.

Los dos buscaron un cuarto de baño y se cambiaron de ropa. Salieron con ropa limpia y fueron a buscar un teléfono. La chica encontró el teléfono y llamó a su mamá en Colorado. Esta vez su madre estaba.

—Mamá, soy Carmen. Estoy tan feliz de oír tu voz —gritó ella en el teléfono.

—Carmen, eres tú —le dijo la madre—.

¡Qué bueno! Estaba muy preocupada por ti.

La joven notaba en la voz de su mamá que estaba muy preocupada.

—Mamá, estoy aquí en Costa Rica pero tenemos un problema. No sabemos dónde están los abuelos.

—Yo lo sé, Carmen —respondió la madre—. Cuando los señores Zapata iban al aeropuerto, sufrieron un accidente de automóvil. Llamaron a la mamá de Eduardo anoche. Ellos están bien ahora. No fue muy serio el accidente. Pero no pudieron llegar al aeropuerto porque tuvieron que pasar la noche en el hospital por su edad. Estábamos muy preocupados por Uds. No sabíamos qué iban a hacer. La madre de Eduardo no sabía como comunicarse con Uds. Todo fue horrible. Estoy tan contenta porque ya me han llamado. Me alegro mucho. ¿Dónde están Uds. ahora?

—Estamos en Santa Elena —le dijo ella.

—¿Santa qué? ¿Dónde? —le preguntó la madre.

—Mamá, estamos en Santa Elena. Es el pueblo donde viven los abuelos de Eduardo. Nosotros tomamos el autobús a Santa Elena.

Estamos aquí ahora —le contestó Carmen.

—Gracias a Dios —dijo la madre—. Pensé que algo malo pasó. ¡Qué bueno! ¡Están bien! ¡Qué buenas noticias! No sé dónde están los abuelos. Llama otra vez a la mamá de Eduardo.

—Está bien, mamá, adiós —Carmen colgó el teléfono.

En seguida Carmen llamó a la mamá de Eduardo. Ella contestó el teléfono. Estaba muy angustiada, pero alegre al mismo tiempo. Al fin podía hablar con Carmen y saber que ella y su hijo estaban bien.

—¡Qué emoción! —dijo la madre.

—Sí, ya estamos en Santa Elena y llegamos bien.

—Los abuelos están todavía en San José y me llamaron porque no saben qué hacer. No saben donde están Uds. Pero la buena noticia es que los abuelos me van a volver a llamar y yo les voy a contar que Uds. están bien.

—Entonces —dijo Carmen— yo voy a llamarle a Ud. en media hora, para saber qué hacer.

—Está bien, Carmen. Adiós y gracias por tu ayuda.

Mientras esperaban para volver a llamar, ella y Eduardo caminaban en el pueblo. Parecía un pueblo muy agradable. Había tiendas de artistas. Había una fábrica de queso y una librería. Había restaurantes. Era un pueblo bonito.

Carmen volvió a llamar. Los abuelos dejaron un mensaje con la mamá de Eduardo. No iban a regresar muy pronto a Santa Elena, pero estaban seguros que a las siete podían encontrarse enfrente de la fábrica de queso.

Carmen y el niño tenían tiempo antes de la reunión. La chica decidió ir al Bosque de las Nubes. Estaba emocionada a pesar de estar con un niño. Ella compró algo típico de Costa Rica, cerezas frescas. Eran dulces y deliciosas. Se las dio a Eduardo. El niño las comió con gusto.

—Eduardo, vamos al Bosque de las Nubes mientras esperamos a tus abuelitos —dijo Carmen.

Eduardo empezó a saltar y dar vueltas. Estaba muy emocionado. Pensaba que Carmen era muy buena. Ella se sentía muy bien también. Eduardo no era tan malo.

Carmen no sabía lo que estaba pasando con ella. ¿Por qué se sentía bien de acompañar a un niñito en Costa Rica? Pero ella realmente estaba emocionada de ver el Bosque de las Nubes. Estaba emocionada de poder llevar a Eduardo al Bosque aunque era un niño de siete años. Su camisa todavía estaba sucia y su cara estaba manchada de cerezas. Pero, por fin tenía compasión por él. Se dio cuenta de que era solamente un niño.

—Un bosque de nubes. ¡Qué bueno! Me encanta —contestó Eduardo.

Fueron al Bosque de las Nubes. Comieron gallo pinto, esta vez con plátanos negros y sopa.

Llegaron al bosque. Estaban contentos de ver tantas cosas nuevas. Vieron árboles que eran muy gruesos. El bosque era oscuro y frío. El bosque era totalmente diferente a todo lo que ella había visto en su vida. Algunas plantas salían de otras plantas. Había una gran cantidad de mariposas y ranas azules, verdes y amarillas. Había monos en los árboles. Los monos eran muy fuertes. Un animal feo, llamado agutí, corrió tras ellos. Ese animal parecía una combinación de puerco y rata. Le espantó a Eduardo y también le dio un poco de miedo a Carmen.

Había pájaros de todo tipo: aras verdes, tucanes amarillos y rojos, y pericos verdes y pequeños. También vieron el pájaro más bonito de todos. Vieron al quetzal. El quetzal es un pájaro verde y hermoso con una cola muy grande. No hay muchos quetzales en el mundo pero hay más de mil quetzales en el Bosque de las Nubes. El quetzal era un pájaro especial de la antigua maya. La joven podía entender por qué admiraban tanto a ese pájaro. Eduardo y Carmen lo miraron con mucho respeto y emoción.

—Es increíble —dijo Eduardo con una voz suave y con admiración—. No hay nada así en Colorado.

—Es cierto, Eduardo —respondió ella—. Costa Rica no es como Colorado. Las montañas de Colorado no tienen monos.

—A mí me gustan más los monos. Me gusta mirar a los monos —dijo el niño.

—Estoy segura que sí —le contestó Carmen con cariño—. Tú eres un poco como un mono.

Eduardo hizo algunos sonidos de mono,

saltando y actuando como un mono. Carmen se rió y tomó la mano del niño. Siguieron su paseo por el bosque. Fue un día maravilloso.

Capítulo seis

Después de visitar el Bosque de las Nubes, Carmen y Eduardo fueron a la fábrica de queso a buscar a los abuelos.

—Espero que ellos estén allí —dijo el niño—. Voy a estar triste si mi abuelita y mi abuelito no están aquí.

—Yo también —contestó ella. Por primera vez ella no quería escapar de Eduardo. Realmente quería ver a los abuelos.

Llegaron a la fábrica de queso. Vieron a una pareja vieja. El hombre era alto y delgado y no tenía pelo. La mujer era baja y llevaba un vestido rojo. Carmen se acercó a ellos y les preguntó:

—¿Son Uds. los señores Zapata?

—Sí —le contestaron los dos a la vez.

Miraron al niño y la señora le dijo:

—Tú eres Eduardo, mi nieto. Es un gran placer de verte. Me alegro muchísimo.

Los dos se acercaron a él y le dieron abrazos. La Sra. Zapata estaba tan emocionada que comenzó a llorar.

Los dos abuelos le dieron las gracias a la chica por traerlo a Costa Rica. Le explicaron que era un gran placer para ellos poder verlo y que todo esto era posible por ella. Carmen se sentía muy bien con todo esto.

—¡Qué pena que no pudimos estar en el aeropuerto! —explicó el Sr. Zapata.

—Está bien —les dijo ella—. Nosotros llegamos y estamos bien. ¿Cómo están Uds. después del accidente?

—Salimos bien. No fue tan grave. Tuvimos que pasar la noche en el hospital por nuestra edad. Somos viejos —le contestó la abuela riéndose.

—Eduardo, tú tienes mucha suerte —dijo el abuelo—. Tú estás aquí por Carmen. Ella te trajo a Costa Rica. Es sólo por la buena voluntad de Carmen que estás aquí con nosotros.

La chica se sintió muy bien con las palabras dulces de los abuelos. Sintió que había hecho algo importante para ellos y para Eduardo.

—¿Tienen hambre? —les preguntó la señora.

—Sí, tenemos mucha hambre —respondió

el niño.

—Vamos a casa —les dijo la abuela—. Tengo gallo pinto y tortillas caseras. Ahora Carmen sí sabía lo que era gallo pinto. Tenía ganas de comerlo de nuevo.

Todos caminaron a la casa. Carmen se sentía muy bien. Sabía que era una persona diferente. Cuando venía para Costa Rica, sólo quería ir a las playas y viajar sola, pero eso era antes. Ahora quería pasar el tiempo con Eduardo y sus abuelos. Carmen podía conocer Costa Rica con una familia. No tenía ganas de estar sola mucho tiempo y podía ver Costa Rica por primera vez con el niño y su familia. Iba a ser un viaje fenomenal. Tal vez iba a ser mejor que ir de compras, trabajar en McDonald's y tomar el sol con sus amigas.

—Vamos, Carmen —dijo Eduardo—. Hay mucho que ver y hacer. ¡Estamos en Costa Rica!

VOCABULARIO

The words in the vocabulary list are given in the same form (or one of the same forms) that they appear in in the story.

Unless a subject of a verb in the vocabulary list is expressly mentioned, the subject is third-person singular. For example, **abrió** is given as only *opened*. In complete form this would be *she, he or it opened.*

abordaron they boarded
abrazo hug (noun)
abrazó hugged
abrió opened
absolutamente absolutely
abuelita grandma
abuelos grandparents
acerca de about
acercó: se acercó
 approached
acompaña accompanies
acompañarías you would
 accompany
acordó: se acordó
 remembered
acostumbrada used to
actuando acting
además besides
adiós goodbye
admiraban they admired
adónde to where
aduana customs
aeropuerto airport
agarró grabbed
agradable pleasant

agradecida grateful,
 thankful
aguanto I put up with
 (present)
ahora now
al to the (a + el)
 al ver when (he) saw
 al salir when (they) got off
 al mirar when (she)
 looked at
 al hablar when (they)
 speak
alegre happy
algo something
alguien someone
algunas some
aliviada relieved (adjective)
allá, allí there
almohada pillow
alrededor around
alta tall
altiplano high plateau
amable nice, friendly
amarillo yellow
amistosos friendly

amor love (noun)
andaba walked
angustiada upset,
  distressed, anxious
año year
anoche last night
anterior before (adjective)
antes before (adverb)
antigua old, ancient
apareció appeared
apreciar to appreciate
aprendió learned
aquí here
árboles trees
arriba up
arroz rice
arruinados ruined, spoiled
  (adjective)
así like this
  me dice así calls me that
  se llamaba así
    was named that
  así que so
asiento seat
asistir a to attend
aterrizó landed
aunque even though,
  although
ausentarse to be absent
avanzando advancing
avión airplane
ayuda help (noun)
ayudó helped
azafata flight attendant,
  stewardess

baja short (height)
baño bathroom
bastante quite, rather
bebé baby
bebida drink (noun)
besar to kiss
beso kiss (noun)
blanca white
blusa blouse
boca mouth
bosque forest
botas boots
brazo arm
buscó searched, looked for
cabeza head
  dolor de cabeza
    headache
cada each, every
café coffee
cajita little box
callarse to be quiet
calles streets
calmar to calm
calor heat
  hacía calor it was hot
    (weather)
camarera waitress
camas beds
cambiaron: se cambiaron
  they changed
cambió changed
caminaban they walked
camino road
camisa shirt
cantidad quantity

capaz capable
cara face
cariño affection, sweety, dear
cariñosa caring, affectionate
carretera highway
carrito little car
carro car
casa house
caseras homemade
casi almost
castaño brown, hazel
causa cause
  a causa de due to, because of
centro downtown
Centroamérica Central America
cerca: cerca de near
cerezas cherries
chica girl
chicle gum
chicos little, boys, kids
cierto certain, true
cine movie theater
  ir al cine go to the movies
ciudad city
clase class
clientes customers
clima climate
cocina kitchen
cola tail
colgó hung up
comenzó started

comer to eat
comía ate
comida food
comió ate
cómo how?
cómoda comfortable
comparado compared (adjective)
compras buys, purchases (noun)
  ir de compras to go shopping
compró bought
comunicarse to communicate
con with
confiar to trust
conocer to meet, to have been to (a place)
contar to tell
contestó answered
contó told
coraje courage
corrió ran
cortos short
cosa thing
costar to cost
costarricense Costa Rican
creer to believe
cuánto how much
cuarto room
  cuarto de baño bathroom
cubierta covered (adjective)
cuenta: se dio cuenta de que she realized that

cuento story
cuesta it costs
cuidaba took care of
cuidar to take care of
cultivaban they grew,
  planted
cumpleaños birthday
de of, from
  de repente suddenly
debajo de under,
  underneath
debes you should
debía should (past),
  must (past)
decía said
decidió decided
dejó de stopped
  (doing something)
del of the, from the
delgado slender, thin
demasiado too much
dentro de inside, within
  dentro de poco soon
desapareció disappeared
desayuno breakfast
desconocido unknown
descontento unhappy
desesperada desperate
despedirse to say goodbye
despegó took off (airplane)
despertó woke up
  (someone else)
  se despertó woke up
    (oneself)
despidió: se despidió
  said goodbye

después then, later, after
  that, afterwards
  después de after
día day
dice says
dicho: said (adjective)
  mejor dicho rather,
    actually
dientes teeth
dieron they gave
difícil difficult
dijo said
diles tell them (command)
dinero money
dio gave
Dios God
diré I will tell
disculpen excuse me (said
  to two or more people)
divertidos fun
dolía hurt (past)
dolor pain, ache
  dolor de cabeza
    headache
dónde where?
dormitorio bedroom
dulces sweet, candy
durante during
durar to last, to take
  (a period of time)
durmió slept
duró lasted, took
  (a period of time)
e and
económicamente
  economically

edad age
edificios buildings
ejercicios exercises
emocionado excited
empezó began
encanta enchants, charms
  me encanta I love
  le encantó she loved
  le encantaba she loved
encontrar to find
encontró he found
enfermera nurse
enfermo sick
enfrente de in front of
enojado mad, angry
entender to understand
entendía understood
entonces then, so
entre between, among
entregar to deliver
entró entered, went in
eres you are
es is
esa, ese, eso that
escapar to escape
escondían they hid
escribir to write
escrita written
escuchó listened
escuela school
espantó scared,
  frightened (verb)
espejo mirror
esperaba hoped,
  was waiting (for)
esta, este, esto this

estaba was
estado been, state
Estados Unidos
  United States
estilos styles
estrechas narrow
eternidad eternity
exámenes tests, exams
exclamó exclaimed
exigentes demanding
explicó explained
extrañas strange, weird
extranjero foreigner,
  stranger
fábrica factory
fácil easy
falta is lacking
  falta mucho it's much
  farther
fascinada fascinated
  (adjective)
felices happy
felicidad happiness
feo ugly
fila row
fin end (noun)
  por fin at last
  al fin at last
flaca skinny
fresa strawberry
frescas fresh
frijoles beans
frío cold
  hacía frío it was cold
  (weather)
fritas fried (adjective)

fue went
fuera was
fuera (de) outside
fueron they went
fuerte strong
galletas cookies
gallo rooster
  gallo pinto Costa Rican
  dish (see pp. 30-31)
ganas desires (noun)
  tengo ganas de I feel like
  (doing something)
  tenía ganas de felt like
  (doing something)
  con ganas de feeling like
  (doing something)
gaseosa soda, soft drink,
  pop
gente people
globo balloon
gordo fat
grave very bad, terrible
gritó yelled, screamed
groseros nasty, gross
gruesos thick
guapo good-looking,
  handsome
guía guide
gusta pleases
  le gustaba she liked
  le gustó she liked
  te va a gustar
    you're going to like it
  me gusta I like
gusto pleasure

había there was, there
  were, had (done something)
habían they had
  (done something)
habitantes inhabitants
habló spoke
hace makes, does
  hacer tu maleta to pack
  your suitcase
hacía made, did
  hacía frío it was cold
  (weather)
  hacía calor it was hot
  (weather)
hambre hunger
  tiene hambre is hungry
  tenía hambre
    was hungry
  estás con hambre
    you're hungry
han they have
  (done something)
hasta until
hay there is, there are
hecho done
helado(s) ice cream
hermoso beautiful
hijo son
historia history
hizo made, did
  hizo preguntas asked
  questions
hombre man
hombro shoulder
hora hour

hoy today
hoyos holes
huecos holes
huelen they smell
huevos eggs
humor mood
  estaba de mal humor
    she was in a bad mood
iba was going
igual same
incluso even
jefatura headquarters
  jefatura de policía
    police station
joven young
juguete toy
juntarse get together
labios lips
lado side
  al lado de beside, next to
largo long
lejos far
lentamente slowly
león lion
letras letters
letrero sign
levantar to pick up
  se levantó stood up
leyendo reading
leyó read (past)
libre free
librería bookstore
limón lemon
limpia clean (adjective)
limpiar to clean, to wipe

se limpió he wiped
  himself off
llamó called
llegaba arrived
llegó arrived
llenas full
llevar to wear, to take
  llevaba was wearing
  llevó took
lloró cried
llover to rain
loca crazy
localizado located
  (adjective)
lo que what, whatever
  todo lo que everything
    that
luego after that, then
lugar place
maestra teacher
mal badly, bad
maleta suitcase
  hacer tu maleta
    (to) pack your suitcase
manchada stained (adjective)
mando I send
manejando driving
manera manner, way
mano hand
mariposas butterflies
mayoría most, majority
media half
mejilla cheek
mejor better
  mejor dicho actually, rather

menos less, least
  por lo menos at least
mensaje message
mesa table
meses months
miedo fear
  tenía miedo was afraid
  le dio miedo scared her
mientras while
mil thousand
milagro miracle
millas miles
miró looked at
mismo same
mochila backpack
molesta bothers
mono monkey
mostaza mustard
muerto dead
mujer woman
mundo world
nada nothing
  para nada not at all
nadie no one
ni neither
nieto grandson, grandchild
niñera babysitter
ningún not one, no (adjective)
niñito little boy
noche night
nombre name
notaba noticed
notas grades (in school)
  sacó notas got grades
noticias news

notó noticed
nubes clouds
nuestra our
nuevo new
nunca never
o or
obvio obvious
ojos eyes
olvidó forgot
  se me olvidó I forgot
  se había olvidado
    she had forgotten
oreja ear
oscuro dark
otra another, other
oyó heard
pagar to pay
país country
pájaro bird
palabras words
pan bread
pantalones pants
papas potatos
para for, in order to
parecía seemed, appeared
pareció seemed, appeared
pareja couple
paró stopped
parque park (noun)
pasa passes, happens,
  spends (time)
  pasarlo bien to have
    a good time
pasado spent (time)
  (participle)

pasajera passenger
paseo walk, excursion
pasó happened
pavimento pavement
peinó he combed
película movie
pelirroja redhead
pelo hair
pena pity, shame (noun)
  qué pena too bad; what
  a pity; it's a shame
pensaba thought
pensamientos thoughts
pensando thinking
pensó thought
peor worse
pericos parrots
periódicos newspapers
perla pearl
pero but
perros dogs
pesar: a pesar de despite,
  in spite of
pidió asked for, requested
piensa thinks
pinto many-colored
  gallo pinto Costa Rican
  dish (see pp. 30-31)
placer pleasure
plátanos bananas
playa beach
pobre poor
pobrecito poor little guy
policía police
por for, through, because of

por fin at last
por qué why
por supuesto of course
porque because
pregunta question
  hizo preguntas asked
  questions
preguntó asked
preocupada worried
  (adjective)
primer first
principal main
prometí I promised
pronto soon
propia own
próximos next
pudo was able to, could
pueblo town
puerco pig
puerta door
puso put (past)
quedarse to stay
quejaban: se quejaban
  they complained
quería wanted
queso cheese
quién who
quisiera whatever she
  wanted
quizás maybe, perhaps
ranas frogs
rápidamente quickly, fast
raro strange, weird
rata rat
rato while (noun)

razón reason
realmente really
reconocer to recognize
recordó he remembered
refrescos refreshments
regalo gift
reloj watch, clock
repleto full
replicó replied
respeto respect
resultar to turn out
reunión meeting
revista magazine
rió, **se rió** laughed
rodillas knees
rojo red
ropa clothing
rubio blond
ruidoso noisy
sabía knew
sacó took out
  sacó notas got grades
  (in school)
sal salt
salió left, went out, turned out
  salimos bien things
  turned out well for us
salía was going out,
 was leaving
saltó jumped
saludó said hi, greeted
saludos greetings
secundaria secondary
seguida followed (adjective)
  en seguida at once

seguía kept on, continued
 (doing something)
segundos seconds
segura sure
selva jungle
semana week
sentaron: se sentaron
 they sat down
sería would be
serio serious
siempre always
significa means
siguió kept on, continued
simpática nice
sin without
sintió, **se sintió** felt
sobre about
sobrevivió survived
solamente only
solo alone
sólo only
soltera single (not married)
son they are
sonido sound
sonrió smiled
sonrisa smile (noun)
sopa soup
sorprendida surprised
 (adjective)
sorpresa surprise (noun)
suave soft
sucia dirty
suerte luck
  tienes suerte you're lucky
sufrieron they suffered

supuesto supposed
(adjective)
  por supuesto of course
tal such
  tal vez maybe, perhaps
también also, too
tan so
tanto so much
tarde late
tarea homework
tendremos we will have
tendría would have
tenía had
  tenía 17 años
    was 17 years old
  tenía ganas de felt like
    (doing something)
  tenía hambre was hungry
  tenía miedo was afraid
  tenía que had to
    (do something)
  tenía que ver con
    had to do with
  tenía vergüenza was
    embarrassed or ashamed
terminado finished
(participle)
tía aunt
tico Costa Rican
tiempo time
tiendas stores
típica typical
tipo type
tocó touched
toda all

todavía still, even
  todavía no not yet
tomaban they took
tomó took, drank
  tomar desayuno
    to have breakfast
tontos silly
trabajo job
traer to bring
trajo he brought
tras after
trató de tried to
turista tourist
tuviera had
tuvo had
  tuvo que had to
última last (adjective)
única only (adjective)
usaban they used
vacaciones vacation
vacío empty
vaqueros cowboys
varios several, various
ve go (command)
veces times
vendía he sold
venía he came
ventanas windows
ventanilla small window
ver to see
  tenía que ver con
    had to do with
verano summer
verdad truth
  era verdad it was true

verduras vegetables
vergüenza shame,
 embarrassment
  tenía vergüenza
   was embarrassed or
   ashamed
vestido dress (noun)
vez time, occasion
  tal vez maybe, perhaps
viajaba was traveling
viaje trip (noun)
vida life
vieja old
vio he saw
visitar to visit
visto seen
voces voices
volar to fly
volcanes volcanoes
voluntad will, choice
  buena voluntad kindness
volvió came back,
 went back, returned
  volvió a (llamar)
   (called) again
vomitar to vomit,
 to throw up
vueltas turns (noun)
  daba vueltas made turns,
   turned around and
   around
ya now, already
  ya no no longer,
   not any more
yo I
zapato shoe

LOS AUTORES

Lisa Ray Turner es una premiada novelista norte-americana que escribe en inglés. Es hermana de Blaine Ray.

Blaine Ray es el creador del método de enseñanza de idiomas que se llama TPR Storytelling® y autor de varios materiales para enseñar español, francés, alemán, inglés y ruso. Ofrece seminarios para profesores sobre el método en todo el mundo. Todos sus libros, videos y materiales se pueden conseguir por medio de Blaine Ray Workshops. Véase la página titular o blaineraytprs.com.

THE AUTHORS

Lisa Ray Turner is a prize-winning American novelist who writes in English. She is Blaine Ray's sister.

Blaine Ray is the creator of the language teaching method known as TPR Storytelling® and author of numerous materials for teaching Spanish, French, German, English and Russian. He gives workshops on the method all over the world. All of his books, videos and materials are available from Blaine Ray Workshops. See the title page or blaineraytprs.com.

EL DIBUJANTE

Pol es el seudónimo de **Pablo Ortega López**, destacado y premiado ilustrador ecuatoriano que tiene una larga carrera como ilustrador. Actualmente está radicado en el Area de la Bahía de San Francisco en California y se dedica a la animación. Pol creó los dibujos de las portadas de *¿Dónde está Eduardo?* y varias otras novelas de la misma serie. Puede visitarlo en:

www.polanimation.com

THE ILLUSTRATOR

Pol is the pseudonym of **Pablo Ortega López**, a distinguished prize-winning Ecuadorian illustrator who has had a long career in drawing and illustration. He is currently living in the San Francisco Bay Area and is working in animation. Pol created the drawings on the covers of *¿Dónde está Eduardo?* and several other novellas in the same series. For information, see his website:

www.polanimation.com

AGRADECIMIENTOS

Por su ayuda con cierto detalle del español le agradecemos al poeta **Henry Alejandría** del Callao, Perú. También apreciamos la información sobre cierto detalle de Costa Rica que nos comunicaron **Ronny García** y **Sonia Rojas** del Instituto de Cultura y Lengua Costarricense en Alajuela, Costa Rica.

ACKNOWLEDGMENTS

We wish to thank the poet **Henry Alejandría** of Callao, Perú, for his help with a certain detail in Spanish. We also want to express our appreciation to **Ronny García** and **Sonia Rojas** of the Instituto de Cultura y Lengua Costarricense in Alajuela, Costa Rica, for information about a certain detail regarding Costa Rica.

AVISO

En esta obra se usan los nombres de ciertos productos y empresas norteamericanos con el propósito de crear un ambiente socioeconómico realista para los alumnos norteamericanos que se cree que serán sus principales lectores. Este uso no debe interpretarse como aprobación ni respaldo de ninguno de los productos ni empresas mencionados.

PLEASE NOTE

In this work the names of certain American products and companies are used for the purpose of creating a realistic socioeconomic environment for American students who are expected to be the main readers of it. This use should not be interpreted as an endorsement of any of the products or companies mentioned.

UNA RECETA DE GALLO PINTO

Para ver una buena receta de gallo pinto, visite:
http://www.guiascostarica.com/recetas.htm

A RECIPE FOR *GALLO PINTO*

You can find a recipe for *gallo pinto* at:
http://www.guiascostarica.com/recetas.htm

Novelas

En orden de dificultad, empezando por la más fácil, las novelitas de Lisa Ray Turner y Blaine Ray en español son:

Nivel 1:
- A. Pobre Ana*†^°⊡◖♪(sólo de Blaine Ray)
- A. Pobre Ana: Edición bilingüe (sólo de Blaine Ray)
- B. Patricia va a California*†°⊡◖♪ (sólo de Blaine Ray)
- C. Casi se muere*†⊡◖♪
- D. El viaje de su vida*†⊡◖♪
- E. Pobre Ana bailó tango

Nivel 2:
- A. Mi propio auto*†⊡◖
- B. ¿Dónde está Eduardo?*⊡◖
- C. El viaje perdido*⊡◖
- D. ¡Viva el toro!*⊡◖♪

Nivel 3:
Los ojos de Carmen*°⊡
Vida o muerte en el Cusco

* Existen versiones francesas:

Nivel 1:
- A. Pauvre Anne⊡◖♪
- B. Fama va en Californie⊡
- C. Presque mort
- D. Le Voyage de sa vie

Nivel 2:

    A. Ma voiture, à moi

    B. Où est passé Martin ?

    C. Le Voyage perdu

    D. Vive le taureau !

Nivel 3:

    Les Yeux de Carmen

† Existen versiones alemanas:

Nivel 1:

    A. Arme Anne ■♪

    B. Petra reist nach Kalifornien

    C. Fast stirbt er

Nivel 2:

    A. Die Reise seines Lebens

    B. Mein eigenes Auto

^ Existe una versión rusa:

    Бедная Аня

° Existen versiones inglesas:

    A. Poor Ana

    B. Patricia goes to California

    C. The Eyes of Carmen

CD existe versión en CD audio.
■ existe versión en película DVD.
♪ existe CD de cancion(es) del cuento.

GUÍAS PARA PROFESORES

Teacher's Guide for Spanish I Novels	Teacher's Guide for Spanish II Novels
(*Pobre Ana, Patricia va a California, Casi se muere* y *El viaje de su vida*)	(*Mi propio auto, ¿Dónde está Eduardo?, El viaje perdido* y *¡Viva el toro!*)

To obtain copies of
¿Dónde está Eduardo?
contact
Blaine Ray Workshops
or
Command Performance Language Institute
(see title page)
or
one of the distributors listed below.

DISTRIBUTORS
of Command Performance Language Institute Products

Entry Publishing & Consulting New York, NY Toll Free (888) 601-9860 lyngla@rcn.com	*Midwest European* *Publications* Skokie, Illinois (800) 277-4645 www.mep-eli.com	*World of Reading, Ltd.* Atlanta, Georgia (800) 729-3703 www.wor.com
Applause Learning Resources Roslyn, NY (800) APPLAUSE www.applauselearning.com	*Continental Book Co.* Denver, Colorado (303) 289-1761 www.continentalbook.com	*Delta Systems, Inc.* McHenry, Illinois (800) 323-8270 www.delta-systems.com
TPRS Nederland vof Broek in Waterland THE NETHERLANDS (31) 0612-329694 www.tprsnederland.com	*Taalleermethoden.nl* Ermelo, THE NETHERLANDS (31) 0341-551998 www.taalleermethoden.nl	*Adams Book Company* Brooklyn, NY (800) 221-0909 www.adamsbook.com
TPRS Publishing, Inc. Chandler, Arizona (800) TPR IS FUN = 877-4738 www.tprstorytelling.com	*Teacher's Discovery* Auburn Hills, Michigan (800) TEACHER www.teachersdiscovery.com	*MBS Textbook Exchange* Columbia, Missouri (800) 325-0530 www.mbsbooks.com
International Book Centre Shelby Township, Michigan (810) 879-8436 www.ibcbooks.com	*Carlex* Rochester, Michigan (800) 526-3768 www.carlexonline.com	*Tempo Bookstore* Washington, DC (202) 363-6683 Tempobookstore@yahoo.com
Varsity Books River Grove, Illinois (877) 827-2665 www.varsitybooks.com	*Follett Educational Services* Woodridge, IL 800-621-4272 www.fes.follett.com	*Sosnowski Language Resources* Pine, Colorado (800) 437-7161 www.sosnowskibooks.com